Analyse de l'œuvre

Par Jessica Vansteenbrugge
et Pauline Coullet

La Parure

de Guy de Maupassant

lePetitLittéraire.fr

Rendez-vous sur lepetitlitteraire.fr et découvrez :

Plus de 1200 analyses
Claires et synthétiques
Téléchargeables en 30 secondes
À imprimer chez soi

GUY DE MAUPASSANT

ROMANCIER ET NOUVELLISTE FRANÇAIS

- **Né en 1850 à Tourville-sur-Arques (Normandie)**
- **Décédé en 1893 à Paris**
- **Quelques-unes de ses œuvres :**
  - *Boule de suif* (1880), nouvelle
  - *Contes de la Bécasse* (1883), recueil de nouvelles
  - *Bel-Ami* (1885), roman

Guy de Maupassant est un écrivain français, auteur de six romans et de près de trois-cents nouvelles. Il passe sa jeunesse en Normandie, où il commence des études de droit. En 1870, il s'engage comme volontaire dans la guerre franco-prussienne, puis s'installe à Paris où il travaille comme fonctionnaire. Gustave Flaubert (écrivain français, 1821-1880), qui est un ami de sa mère, le prend sous sa protection et l'introduit dans les milieux littéraires. Il fréquente alors les écrivains réalistes et naturalistes, dont Émile Zola (écrivain français, 1840-1902).

De 1880 à 1890, il écrit des romans (par exemple *Une vie* en 1883, ou *Bel-Ami*) et de nombreuses nouvelles réalistes (comme *Boule de suif*, ou *La Maison Tellier* en 1881) et fantastiques (*Le Horla* en 1887, ou *La Peur* l'année suivante) dans lesquelles il rend compte de sa vision pessimiste de la société.

Il sombre dans la folie en 1890 et meurt en 1893.

LA PARURE

UNE NOUVELLE AUX ACCENTS DE TRAGÉDIE

- **Genre :** nouvelle réaliste
- **Édition de référence :** *La Parure*, Paris, Le Livre de Poche, 1995, 75 p.
- **1ʳᵉ édition :** 1884
- **Thématiques :** luxe, gloire, misère, argent, apparences

La Parure est publiée pour la première fois en 1884 dans le quotidien *Le Gaulois*. Elle appartient au mouvement réaliste.

Dans cette nouvelle, Mathilde Loisel, épouse d'un petit employé du ministère de l'Instruction publique, mène une vie simple et acceptable, mais rêve sans cesse de luxe, de grandeur, de raffinement et de séduction. Sa quête de l'apparat et de la gloire la pousse un jour à emprunter un collier de diamants à une riche amie, mais cela aura pour conséquence d'entrainer le couple dans la misère la plus totale.

La Parure nous présente le milieu des employés et des bourgeois du XIXᵉ siècle sous un jour peu flatteur.

RÉSUMÉ

Mathilde Loisel est une jolie et charmante femme issue d'une famille d'employés. Sachant qu'elle n'avait aucune chance d'être épousée par un homme riche, elle s'est mariée à un petit employé du ministère de l'Instruction publique, avec qui elle vit modestement. Elle souffre de ne pas mener la vie de luxe et de raffinement à laquelle elle aspire ardemment, ce qui la plonge dans une profonde détresse. Alors que son mari sait apprécier les choses simples de la vie, Mathilde rêve de plaire, de séduire, de porter de jolies robes et de fréquenter la haute société.

Un soir, son mari rentre du travail heureux, car il a une annonce à faire à sa femme qui lui plaira très certainement : ils sont tous deux invités à une soirée par le ministre de l'Instruction publique. Il s'agit là d'une occasion rêvée de rencontrer du beau monde. Mais contre toute attente, sa femme s'énerve et se plaint de ne pouvoir s'y rendre, faute de toilette adaptée à ce genre de réception. Ce qui devait être une bonne nouvelle ne fait donc qu'accentuer la tristesse et le désespoir de Mme Loisel. Son mari consent alors à lui céder une somme rondelette, qu'il avait épargnée pour s'offrir un fusil de chasse, afin qu'elle puisse s'acheter une jolie robe.

La fête approchant, Mme Loisel est confrontée à un autre problème : elle n'a aucun bijou pour sublimer sa toilette et craint l'humiliation de passer pour une pauvre au milieu des riches. Son mari lui souffle alors une idée : emprunter un bijou à son amie aisée, Mme Forestier.

Mme Loisel se rend alors chez cette dernière, lui expose la situation et lui emprunte une magnifique rivière de diamants. Elle est au comble de la joie.

Le soir de la fête, Mme Loisel resplendit. Elle est la plus belle femme de la réception et attire tous les regards. Tous les hommes veulent lui être présentés. Même le ministre la remarque. Mme Loisel s'amuse follement : elle a enfin tout ce dont elle rêvait, la gloire, la beauté, et elle suscite le désir et l'admiration. Elle nage en plein bonheur.

Vers quatre heures du matin, le couple quitte la fête précipitamment, car Mme Loisel est honteuse de ne pas posséder un manteau élégant assorti à sa tenue. Une fois chez elle, en se déshabillant, elle s'aperçoit qu'elle a perdu le collier de son amie. Elle et son mari en sont affligés. M. Loisel se met vainement en quête du bijou. Il conseille à sa femme d'écrire à Mme Forestier en prétextant qu'il leur faut réparer le collier avant de le lui rendre : il espère ainsi gagner un peu de temps pour poursuivre leurs recherches.

Au bout d'une semaine d'une quête infructueuse, M. Loisel se résout à remplacer le bijou. Il se rend avec sa femme chez le joailler, dont le nom se trouve dans la boite qui contenait la parure, mais celui-ci leur apprend qu'il n'est pas celui qui a vendu le collier (ce qui est déjà un indice quant à la valeur douteuse du bijou) – ils doivent donc chercher ailleurs. Après de nombreuses recherches, ils dénichent une parure de diamants semblable au bijou perdu, mais au cout exorbitant. Pour acheter l'objet, Loisel est contraint de sacrifier tout l'argent qu'il possède et d'emprunter au point de se compromettre pour la fin de sa vie.

Lorsque Mme Loisel rapporte la parure à Mme Forestier, celle-ci n'ouvre même pas l'écrin.

La vie de Mme Loisel change ensuite radicalement. Elle se voit obligée de renvoyer la bonne et de déménager dans un logement plus modeste. Elle est également contrainte de travailler durement et d'effectuer toutes les besognes les plus ingrates. Vêtue désormais comme une femme du peuple, elle fait ses courses en comptant le moindre sou. Son mari, quant à lui, travaille jour et nuit. Au bout de dix années d'une vie misérable, ils parviennent enfin à rembourser l'intégralité de la somme due. Mme Loisel semble vieille et pauvre. Elle songe encore parfois à cette soirée où elle avait été si belle. Que serait-il arrivé si elle n'avait pas perdu la parure ?

Un dimanche, alors qu'elle se promène sur les Champs-Élysées, Mme Loisel aperçoit Mme Forestier. Lorsqu'elle lui adresse la parole, cette dernière ne la reconnait même pas tant son aspect physique s'est dégradé. Quand Mme Loisel se présente, son amie est stupéfaite. Mathilde Loisel lui explique alors les raisons et les étapes de sa chute dans la pauvreté. Mme Forestier en sort fort émue et lui apprend qu'en réalité la parure qu'elle lui avait prêtée était fausse. La nouvelle se clôt sur cette terrible révélation.

ÉTUDE DES PERSONNAGES

MATHILDE LOISEL

Mathilde Loisel est une jeune femme jolie et charmante aux origines modestes, puisqu'elle est issue d'une famille d'employés. Malgré cela, elle possède des gouts de luxe, ce qui la fait extrêmement souffrir puisqu'elle ne peut s'offrir ce dont elle rêve : « C'était une de ces jolies et charmantes filles, nées, comme par une erreur du destin, dans une famille d'employés. » Cette frustration engendre de la tristesse et de la déception. Elle ne parvient pas à apprécier sa position, qui est pourtant confortable puisqu'elle possède une domestique. Elle est persuadée qu'elle est faite pour le monde, bien qu'elle n'en ait pas les manières. Par exemple, elle s'exprime de façon peu élégante : « J'aurai l'air misère comme tout », dit-elle en regrettant de ne pas avoir un collier pour compléter sa tenue de bal.

N'étant pas d'une extraction sociale suffisante pour prétendre à un homme de la haute société, elle s'est résolue à épouser un employé du ministère qu'elle ne semble guère aimer et qu'elle regarde souvent d'un œil irrité. De plus, elle se plait à séduire d'autres hommes.

Elle parvient néanmoins à réaliser ses rêves de grandeur en assistant à un bal, où elle impressionne les bourgeois par sa beauté. Mais cet excès de vanité signe sa perte, puisqu'elle égare la rivière de diamants de son amie à l'issue de la soirée. Devant en acquérir une autre, elle se condamne elle-même, ainsi que son mari, à une vie de misère, puisqu'il leur faudra rembourser leur dette pendant dix ans. Cette vie de martyr est toutefois pour elle un fait héroïque, car elle ne veut pas passer pour une voleuse : « Mme Loisel connut la vie horrible des nécessiteux. Elle prit son parti, d'ailleurs, tout d'un coup, héroïquement. Il fallait payer cette dette effroyable. Elle payerait. » Elle est, malgré son gout pour les mondanités, une femme forte qui n'hésite pas à travailler toute sa vie, mettant de côté ses rêves, afin d'être fidèle à ses valeurs et de rembourser sa dette.

À la fin du texte, elle a radicalement changé d'aspect, à cause de sa dure vie de labeur. Elle a désormais l'allure d'une femme du peuple, parle haut et semble vieille : « Elle était devenue la femme forte, et dure, et rude, des ménages pauvres. » En voulant s'élever dans la société, elle s'est en réalité déclassée.

M. LOISEL

M. Loisel est doux, attentionné et prévenant. Il est à l'écoute de sa femme et essaie comme il peut de lui faire plaisir. Il a peiné pour obtenir l'invitation à la soirée du ministre, sachant que cela ferait plaisir à sa femme, et il est manifestement ému quand il la voit pleurer (de honte, car elle n'a pas d'habit convenable à porter pour l'occasion) puisqu'il bégaie. Il sacrifie même son projet de chasse pour qu'elle puisse s'acheter une jolie robe. En outre, il l'appelle « ma chérie » et a peur qu'elle ait froid en quittant la soirée.

C'est un homme cependant assez niais : il est incapable de comprendre le tourment de son épouse et se fait totalement dominer par elle.

À l'inverse de Mathilde qui rêve en grand, c'est un homme simple qui sait se satisfaire des menus plaisirs qu'offre la vie, comme un bon pot-au-feu ou une partie de chasse entre amis.

Enfin, c'est également un homme d'action. C'est lui qui réagit lors de la perte du bijou : il se met à sa recherche, dicte la lettre à sa femme, puis décide de remplacer le bijou. Il ne reproche rien à son épouse et ne recule pas devant les lourdes conséquences que la vanité de celle-ci a engendrées :

> « Il compromit toute la fin de son existence, risqua sa signature sans savoir même s'il pourrait y faire honneur, et, épouvanté par les angoisses de l'avenir, par la noire misère qui allait s'abattre sur lui, par la perspective de toutes les privations physiques et de toutes les tortures morales, il alla chercher la rivière nouvelle, en déposant sur le comptoir du marchand trente-six mille francs. »

Il travaillera dur pour rembourser la dette du collier, mais le narrateur ne dit pas s'il a été malheureux de cette situation, laissant entendre qu'il a accepté silencieusement et avec résignation le sort que lui a imposé sa femme.

Mme FORESTIER

Mme Forestier est une amie d'enfance de Mathilde Loisel, qu'elle a rencontrée au couvent. Elle fait partie de la bourgeoisie à laquelle Mathilde voudrait tant appartenir. Si cette dernière n'ose plus lui rendre visite depuis quelque temps, c'est parce qu'elle est honteuse de son apparence pauvre et jalouse de la vie aisée que mène sa riche amie.

À l'approche du bal, elle se résout à lui rendre visite pour lui emprunter un collier. Bien que les deux amies soient présentées comme étant proches depuis l'enfance, Mathilde n'ose pas dire à Mme Forestier qu'elle a perdu son bijou et celle-ci ne lui avoue pas plus que le bijou qu'elle lui prête est un faux.

À la fin de la nouvelle, le lecteur découvre que la classe sociale bourgeoise n'est peut-être qu'apparat : le bijou de Mme Forestier, et par extension sa fortune, se révèle être faux. La fin du texte devient alors d'autant plus tragique qu'il s'agit d'une contrefaçon que Mathilde aurait pu se procurer, sans avoir besoin de s'endetter.

CLÉS DE LECTURE

MAUPASSANT ET LA NOUVELLE

Naissance et évolution du genre de la nouvelle

On nomme « nouvelle » un récit de fiction qui s'oppose au roman par sa brièveté. La nouvelle trouve ses prémices au Moyen Âge, avec les fabliaux (récits courts et amusants) et les lais (poèmes courts en octosyllabes). Mais c'est dans l'Italie de la première Renaissance, au XVe siècle, que le genre de la nouvelle éclot véritablement sous l'impulsion de l'auteur Boccace (écrivain florentin, 1313-1375) qui, peu de temps auparavant, avait fait paraitre son *Décaméron*, un recueil de cent nouvelles composé entre 1349 et 1353 : fuyant la peste qui sévit à Florence, plusieurs jeunes hommes et jeunes filles courtoises se réunissent et se racontent, afin de se distraire, dix histoires par jour.

Avec cette œuvre, Boccace met en place un cadre qui sera repris par de nombreux auteurs : plusieurs narrateurs se retrouvent pour raconter des histoires courtes, à l'intrigue très simple, avec peu de descriptions et de personnages. Ce modèle connaitra une heureuse fortune et sera repris par la suite à de nombreuses reprises : en France par Antoine de La Sale (écrivain français, 1385-1460) à qui l'on attribue les *Cent Nouvelles nouvelles* (1455) et par Marguerite de Navarre (femme de lettres française, 1492-1549) avec *L'Heptaméron* (1559), et en Angleterre par Geoffrey Chaucer (poète anglais, 1340-1400) avec ses *Contes de Cantorbéry* (ou *Canterbury*) en 1478.

Le XVIIe siècle marque un autre tournant dans l'évolution de la nouvelle avec l'auteur espagnol Cervantès (écrivain espagnol, 1547-1616) et ses *Nouvelles exemplaires* (1613) qui développent plus en profondeur la psychologie des personnages et l'action, et se rapprochent du roman par les sujets abordés (tour à tour comique, tragique, ou bien plus poétique). En France, Mme de Lafayette (femme de lettres française, 1634-1693) hérite également de ce courant avec ses nouvelles psychologiques (*La Princesse de Montpensier*, 1662).

Les auteurs du XVIIIe siècle, avec les Lumières, délaissent la nouvelle pour le conte philosophique, qui leur permet de faire passer leurs idées parfois subversives à travers la fantaisie et l'ironie. C'est la forme que choisit notamment Voltaire (1694-1778) dans *Zadig* (1748) et dans *Candide* (1759). Dans les salons, des petits romans et historiettes sont en outre racontés pour divertir le public avec des bons mots, qui sont souvent publiés ensuite dans *Le Mercure de France*.

Le XIXe siècle est considéré comme l'âge d'or de la nouvelle. Son succès est lié au développement de la presse. En effet, grâce aux progrès de l'imprimerie, les journaux sont de plus en plus nombreux, d'où la nécessité d'avoir une importante production de récits courts destinés à être publiés dans les gazettes afin de fidéliser le lecteur. Les auteurs confèrent alors à la nouvelle des caractéristiques encore d'actualité aujourd'hui : un récit court, qui raconte une histoire inscrite dans un quotidien contemporain.

Le genre oscille ainsi entre :

- **le réalisme** (*La Dame de pique* [1834] de Pouchkine [écrivain russe, 1799-1837] ou *Un Cœur simple* [1877] de Gustave Flaubert [romancier français, 1821-1880]) ;
- **le fantastique** (*Le Nez* [1835] de Nikolaï Gogol [écrivain russe, 1809-1852] ou les *Histoires extraordinaires* [1840-1845] d'Edgar Allan Poe [écrivain américain, 1809-1849]) ;
- **la rêverie poétique** (*Les Filles du feu* [1854] de Gérard de Nerval [écrivain français, 1808-1855]) ;
- **le démoniaque** (*Les Diaboliques* [1874] de Barbey d'Aurevilly [écrivain français, 1808-1889]) ;
- et **l'analyse psychologique** (*Le Siège de Londres* [1883] d'Henry James [romancier britannique d'origine américaine, 1843-1916]).

De façon générale, les grands romanciers du XIXe siècle se sont pour la plupart essayés au genre de la nouvelle. Certains, comme Prosper Mérimée (écrivain français, 1803-1870) ou Maupassant (avec dix-huit recueils publiés) sont passés maitres dans le genre.

La nouvelle selon Maupassant

Si Maupassant est passé maitre en la matière, c'est non seulement grâce à son importante production, mais aussi parce qu'il a perfectionné la forme de la nouvelle, en resserrant les contraintes de la forme, rendant son propos plus acéré et incisif. La brièveté des récits impose en effet des contraintes strictes, obligeant les écrivains à redoubler d'inventivité.

Le genre possède trois principales contraintes :

- **la concentration**. On ne peut donner que peu d'éléments dans une nouvelle à cause de sa brièveté. Il faut ainsi concentrer l'intrigue sur un seul évènement et ses conséquences (dans le cas de *La Parure*, c'est la perte du collier), développer peu de personnages (on n'en compte que trois dans cette nouvelle, à savoir M. et Mme Loisel ainsi que Mme Forestier) et peu de décors (le logement des Loisel, celui de Mme Forestier et l'hôtel du ministère où se déroule le bal). L'action doit se réduire à quelques scènes qui s'enchainent rapidement. Dans *La Parure*, bien que l'intrigue s'étale sur près de dix ans, le narrateur ne focalise son attention que sur deux moments de la vie des personnages (le prêt du collier et, dix ans plus tard, la révélation de sa valeur réelle). Les années de labeur des Loisel sont expédiées en quelques lignes seulement. L'auteur n'évoque guère que le travail et la pauvreté afin de mettre en valeur la misère dans laquelle ont dû vivre les Loisel ;
- **la tension**. Maupassant crée une tension dès les premières lignes de sa nouvelle avec l'attente du bal : « Le jour de la fête approchait, et Mme Loisel semblait triste, inquiète, anxieuse. » Il ne cesse de ménager du suspense et de créer des situations de conflit afin de maintenir l'attention du lecteur : Mme Loisel est invitée à un bal mais n'a pas de robe, elle achète une robe mais n'a pas d'accessoire, elle va au bal mais perd le collier, elle rend le collier mais doit rembourser ses dettes, etc. Ainsi, les actions s'enchainent à un rythme soutenu jusqu'au dénouement ;

- **la présence d'une chute surprenante**. La majeure partie de la vie de Mme Loisel est décrite en très peu de paragraphes. L'action se déroule rapidement puis ralentit soudainement pour dévoiler une chute surprenante : la rencontre avec Mme Forestier. Maupassant est connu pour ses chutes qui achèvent le récit brutalement et laissent le lecteur libre d'imaginer la suite des évènements Dans *La Parure*, elle tient en une seule et brève phrase qui claque comme un coup de fouet : « Mais la mienne était fausse. Elle valait au plus cinq cents francs ! ... » La chute est parfaite puisque, mise à part la réaction du joailler, qui affirme n'avoir jamais vendu le collier, et celle de Mme Forestier, indifférente lorsque la parure lui est rendue, aucun indice ne la laisse présager. Si la plupart des récits s'achèvent par une chute, celles de Maupassant (et de la nouvelle en général) jouent l'effet de surprise.

Ainsi Maupassant, en se pliant aux contraintes de la nouvelle et en les acérant dans *La Parure*, livre un récit parfaitement rythmé, qui va droit au but et parvient à surprendre le lecteur malgré la simplicité apparente de l'intrigue, donnant ainsi à sa nouvelle l'apparence d'un conte.

LE RÉALISME

La nouvelle de Maupassant est en effet réaliste, c'est-à-dire qu'elle se veut vraisemblable : l'objectif de l'auteur est de représenter le réel tel qu'il est, sans l'embellir.

Le courant, né au milieu du XIXe siècle, privilégie la représentation exacte de la nature, des hommes et de la société.

Les écrivains réalistes, dont les plus grands noms sont Stendhal (écrivain français, 1783-1842), Flaubert, Balzac (écrivain français, 1799-1850) et les frères Huot de Goncourt (Edmond, 1822-1896, et Jules, 1830-1870) rejettent le lyrisme romantique. Ces auteurs ont pour objectif d'exprimer la réalité telle qu'elle est, par opposition aux œuvres idéalistes qui décrivent la vie comme elle devrait être, libre et heureuse, ou aux drames romantiques.

Maupassant évoque en ces termes le développement du genre :

> « [...] Après les écoles littéraires qui ont voulu nous donner une vision déformée, surhumaine, poétique, attendrissante, charmante ou superbe de la vie, est venue une école réaliste ou naturaliste qui a prétendu nous montrer la vérité, rien que la vérité et toute la vérité. » (« Préface », in *Pierre et Jean*, Bibliothèque électronique du Québec, consulté le 26 avril 2017, p. 11)

Dans ce sens, les auteurs réalistes s'attachent le plus souvent à représenter les classes sociales les plus défavorisées, celles qui comptent le plus de membres, et leurs histoires s'achèvent généralement par des dénouements malheureux. La plupart des œuvres de Maupassant s'ancrent dans le courant réaliste ; c'est d'ailleurs Flaubert lui-même, son ami, qui l'y a initié.

Dans *La Parure*, Maupassant représente la réalité sans l'idéaliser et met en scène des personnages issus du milieu populaire. M. Loisel, un commis du ministère de l'Instruction publique, a d'ailleurs été inspiré par la propre expérience de l'auteur, puisque celui-ci a travaillé pendant près de huit ans dans ce milieu. Mme Loisel, quant à elle, est née dans une famille d'employés. Après ces très courtes présentations, Maupassant ne donne plus aucun autre détail à leur sujet : il ne livre ni description romantique ni analyse psychologique des personnages. Il n'essaie même pas d'expliquer les raisons du malêtre initial de Mathilde, et se limite à en décrire les effets, à la manière d'un observateur.

De la même façon, rien n'est dit des suites de la révélation finale de Mme Forestier : on ne voit ni la réaction de Mathilde ni celle de son amie. On ne peut qu'imaginer leurs larmes. Ce procédé, qui laisse le soin au lecteur d'imaginer la suite du récit, s'éloigne totalement des dénouements romantiques, qui auraient décrit une Mathilde défaillante ou pleurant à chaudes larmes, se lamentant sur cette ironie du sort.

La nouvelle de Maupassant est donc bien une nouvelle réaliste, qui dévoile sans fard une héroïne misérable et un destin pathétique.

LE PESSIMISME DE MAUPASSANT

Mathilde Loisel, une nouvelle Emma Bovary ?

Guy de Maupassant a été fortement influencé par le réalisme de Flaubert, qui fut son maitre en la matière. On peut voir les traces de son influence jusque dans les traits du personnage principal de *La Parure*, Mme Loisel, qui ressemble beaucoup à la figure centrale du roman de Flaubert, *Madame Bovary*, publié en 1856.

Madame Bovary

Madame Bovary. Mœurs de province est une œuvre majeure de Gustave Flaubert et de la littérature française en générale.

Elle retrace la vie d'Emma Bovary, une jeune femme charmante mariée à un modeste médecin sans ambition. Durant sa jeunesse, passée dans un couvent, elle a découvert de nombreux romans à l'eau de rose dont elle poursuivra la lecture tout au long de se sa vie pour tromper son ennui. Elle est en effet déçue par l'existence simple et monotone qu'elle mène et rêve de luxe et de grand amour. Elle connaitra quelques aventures avec des amants de passage qui, lassés de son sentimentalisme, la laisseront seule et endettée. Elle finira par se suicider de désespoir.

Mathilde, tout comme Emma, commence sa vie de femme en épousant un homme simple, à la situation modeste, qui ne la comprend pas et ne partage pas son gout pour les belles choses. Elles méprisent toutes les deux leurs maris, qu'elles jugent médiocres. Elles souffrent en effet de se sentir à l'étroit dans leur milieu social et aspirent à une existence bien plus trépidante. Mathilde a d'ailleurs, elle aussi, été élevée dans un couvent, lieu où Emma Bovary a découvert les romans qui lui ont inspiré ses désirs romantiques.

La douleur que ressent Mathilde face à son quotidien et ses rêveries romantiques est identique à celle d'Emma :

> « [Mme Loisel] souffrait sans cesse, se sentant née pour toutes les délicatesses et tous les luxes. Elle souffrait de la pauvreté de son logement, de la misère des murs, de l'usure des sièges, de la laideur des étoffes. [...] Elle songeait aux antichambres nettes, capitonnées avec des tentures orientales, éclairées par de hautes torchères de bronze, [...]. Elle songeait aux grands salons vêtus de soie ancienne, aux meubles fins portant des bibelots inestimables, et aux petits salons coquets parfumés, faits pour la causerie de cinq heures avec les amis les plus intimes, les hommes connus et recherchés dont toutes les femmes envient et désirent l'attention. »

Emma, tout comme Mathilde, verra son rêve se réaliser pour la première fois lors d'un grand bal (celui de la Vaubyessard pour Emma, celui du ministère pour Mathilde). Ce dernier représente une sorte de revanche momentanée sur leur vie quotidienne morne. Elles y seront toutes deux remarquées et admirées pour leur beauté et leur élégance.

Les deux jeunes romantiques subiront ensuite les désillusions de leur sentimentalisme ridicule, ce qui les mènera à leur perte. Mais leur destin est cependant différent : si la désillusion de Mathilde arrive bien plus rapidement que celle d'Emma, cette dernière subira un sort plus cruel encore, puisqu'elle finira par se suicider, noyée sous les dettes. Mathilde, à l'inverse, ne souffrira que du manque d'argent – et non des peines d'amour d'Emma – et décidera de se retrousser les manches pour rembourser son emprunt. En cela, elle est différente de l'héroïne de Flaubert et ne peut donc pas être complètement associée au bovarysme, un terme dérivé du nom de Bovary qui désigne le comportement d'une femme que l'insatisfaction entraine à des rêveries ambitieuses, en guise de compensation.

Maupassant offre donc à Mathilde un autre destin que celui d'Emma : elle devra, littéralement, payer pour sa futilité et sa vanité. Il rajoute également une chute aussi surprenante que pathétique : la découverte de la réelle valeur du collier, et donc du gâchis qu'a été la vie de Mathilde.

Une vie précaire

Les Loisel ont travaillé dur pendant dix ans pour rembourser leur dette, payant intérêts sur intérêts, pour qu'une petite confidence en fin de nouvelle vienne détruire la valeur de leur sacrifice. Outre la cruauté de Maupassant qui ne laisse aucune chance à ses personnages de trouver du sens à leur vie, qui leur enlève jusqu'à l'illusion d'avoir dédié leur existence à quoi que ce soit de valable et de réel (puisque les Loisel ont passé leur vie à compenser la perte d'un objet de valeur... qui n'en avait aucune), on peut également trouver dans cette nouvelle des éléments pour une critique de l'aliénation par le travail et par le système des dettes.

En effet, Maupassant, à travers le sort des Loisel, décrit peut-être les conditions de vie précaires de ces petits employés qui, bien qu'ils aient une situation, sont néanmoins susceptibles de tout perdre du jour au lendemain, à la moindre infortune.

Le travail a physiquement usé les Loisel, mais en pure perte :
à la fin, on découvre que si les Loisel se sont épuisés à gagner
de l'argent, ce n'était pas, comme ils le croyaient, pour rembourser une valeur réelle (celle de la parure), mais bien pour
alimenter un système abstrait (celui de l'usure) qui les avait
pris à la gorge.

Le format de la nouvelle, qui permet cette chute abrupte
et surprenante, ne rend cependant pas la nouvelle tragique
mais pathétique. Maupassant s'y montre foncièrement
pessimiste.

Mathilde Loisel, une antihéroïne

Maupassant présente, dès les premières lignes de *La Parure*,
une héroïne futile et égoïste qui souffre d'un sentimentalisme ridicule et méprise son mari. Dotée de nombreux
défauts, elle semble au premier abord évoluer au fil du
roman puisqu'elle accepte de travailler dur et de déchoir
dans l'échelle sociale afin de pouvoir rembourser son amie
et de ne pas passer pour une voleuse.

Mais, malgré cette apparente évolution, Mathilde n'apprend
rien de ses erreurs ni ne s'améliore. En effet, certains indices
allant dans ce sens sont glissés dans la scène finale, lorsque
les deux amies se rencontrent par hasard. Si Mathilde avoue
finalement son endettement à Mme Forestier, c'est moins
par honnêteté que par orgueil puisqu'elle semble vouloir lui
montrer seulement le courage dont elle a su faire preuve :
« Et voilà dix ans que nous la payons. Tu comprends que ça
n'était pas aisé pour nous, qui n'avions rien... »

Elle en tire même une certaine fierté : « "Tu ne t'en étais pas aperçue, hein ! Elles étaient bien pareilles." Et elle souriait d'une joie orgueilleuse et naïve. »

Malgré sa vie misérable, Mme Loisel n'a pas appris l'humilité. Elle n'évolue donc finalement pas au fil du roman ; c'est pourquoi on peut la caractériser comme une antihéroïne. À travers elle, Maupassant dénonce le règne des apparences et de la fausseté : Mathilde trompe son monde en empruntant des bijoux pour sembler riche et élégante, et trompe son amie en ne lui avouant pas la perte de son collier. De la même manière, Mme Forestier trompe les autres en se parant de faux bijoux pour avoir l'air plus riche qu'elle n'est. La fausseté et les apparences sont donc à l'origine du malheur qui s'abat sur Mme Loisel.

Mme Loisel possède aussi un aspect qui la rapproche d'une autre anti-héroïne du XIXe siècle : Gervaise. Dans *L'Assommoir* (1877), Zola met en scène une jeune femme, belle en son temps, qui a connu quelques années de sécurité financière et de bonheur, avant de terminer son existence dans le dénuement le plus complet. Maupassant effectue, avec Mathilde, cette même marche vers la pauvreté dépeinte par Zola, connu pour représenter la vie et les hommes tels qu'ils sont, sans fard ni romantisme. Le nouveau mode de vie de Mathilde est, de la même façon, décrit avec réalisme : elle sort les ordures ménagères, lave le linge, la vaisselle, etc.

Ainsi, dans sa nouvelle, Maupassant montre la chute dans la pauvreté d'une héroïne issue de la modeste société. Il critique aussi, par là même, une société bourgeoise soumise aux apparences.

Grâce à son intrigue resserrée et à sa chute mémorable, *La Parure* de Maupassant a remporté un franc succès auprès des lecteurs, qui ne s'est pas démenti depuis. Le style de la nouvelle, qui développe peu de personnages et privilégie les scènes visuelles et les dialogues, étant particulièrement propice à une mise en images, *La Parure* a été adaptée en téléfilm en 2007.

PISTES DE RÉFLEXION

QUELQUES QUESTIONS POUR APPROFONDIR SA RÉFLEXION...

- Quel élément de la nouvelle s'inspire de la vie de Maupassant ? Quelles en sont les conséquences sur l'histoire ?
- Relevez les différentes expressions utilisées pour désigner la parure. De quoi est-elle le symbole ?
- En quoi les actions et les dialogues des personnages compensent-ils l'absence de description et d'analyse psychologique des personnages ? Expliquez.
- Pourquoi peut-on dire que la narration de *La Parure* est visuelle ? Donnez des exemples.
- Que critique Maupassant dans *La Parure* ?
- Le narrateur semble s'abstenir de tout jugement dans la nouvelle. Peut-on néanmoins déduire une morale de cette histoire ? Laquelle ?
- Peut-on dire que Mathilde Loisel souffre de bovarysme ? Expliquez.
- Comparez le parcours de Mathilde Loisel à celui de Gervaise dans le roman *L'Assommoir* (1877) de Zola.
- Comparez l'intrigue de la nouvelle *À cheval* (1883) de Maupassant à celle de *La Parure* : en quoi sont-elles similaires ?
- Comparez la nouvelle de Maupassant avec son adaptation pour la télévision.

Votre avis nous intéresse !
Laissez un commentaire sur le site de votre librairie en ligne
et partagez vos coups de cœur sur les réseaux sociaux !

POUR ALLER PLUS LOIN

ÉDITION DE RÉFÉRENCE

- MAUPASSANT G. de, *La Parure*, Paris, Le Livre de Poche, 1995.

ÉTUDES DE RÉFÉRENCE

- HAEZEWINDT B., « *La Parure* de Guy de Maupassant ou l'intrusion du réalisme du XIXe siècle dans le conte de *Cendrillon* », in *Nottingham French Studies*, vol. 44, n° 2, p. 20-30.
- MAUPASSANT G. de, « Préface », in *Pierre et Jean*, Bibliothèque électronique du Québec, consulté le 26 avril 2017, http://beq.ebooksgratuits.com/vents/Maupassant_Pierre_et_Jean.pdf
- « Nouvelle », in *larousse.fr*, consulté le 22 janvier 2017, http://www.larousse.fr/encyclopedie/divers/nouvelle/73950
- « Réalisme », in *larousse.fr*, consulté le 23 janvier 2017, http://www.larousse.fr/encyclopedie/divers/réalisme/86007

ADAPTATION

- *La Parure*, téléfilm de Claude Chabrol, dans le cadre de la série *Chez Maupassant* diffusée sur France Télévisions, 2007.

- Commentaire portant sur l'incipit d'*Une vie* de Guy de Maupassant.
- Commentaire portant sur la préface de *Pierre et Jean* de Guy de Maupassant.
- Commentaire portant sur l'incipit de *Bel-Ami* de Guy de Maupassant.
- Commentaire portant sur le dénouement de *Boule de suif* de Guy de Maupassant.
- Fiche de lecture sur *Bel-Ami*.
- Fiche de lecture sur *Boule de suif*.
- Fiche de lecture sur *La Maison Tellier* de Guy de Maupassant.
- Fiche de lecture sur *La Peur et autres contes fantastiques* de Guy de Maupassant.
- Fiche de lecture sur *Le Horla* de Guy de Maupassant.
- Fiche de lecture sur *Le Papa de Simon* de Guy de Maupassant.
- Fiche de lecture sur *Les Contes de la bécasse* de Guy de Maupassant.
- Fiche de lecture sur *Mademoiselle Perle et autres nouvelles* de Guy de Maupassant.
- Fiche de lecture sur *Pierre et Jean* de Guy de Maupassant.
- Fiche de lecture sur *Une vie*.
- Questionnaire de lecture sur *La Parure*.
- Questionnaire de lecture sur *Le Papa de Simon*.
- Questionnaire de lecture sur *La Maison Tellier*.

Retrouvez notre offre complète sur lePetitLittéraire.fr

- des fiches de lectures
- des commentaires littéraires
- des questionnaires de lecture
- des résumés

ANOUILH
- Antigone

AUSTEN
- Orgueil et Préjugés

BALZAC
- Eugénie Grandet
- Le Père Goriot
- Illusions perdues

BARJAVEL
- La Nuit des temps

BEAUMARCHAIS
- Le Mariage de Figaro

BECKETT
- En attendant Godot

BRETON
- Nadja

CAMUS
- La Peste
- Les Justes
- L'Étranger

CARRÈRE
- Limonov

CÉLINE
- Voyage au bout de la nuit

CERVANTÈS
- Don Quichotte de la Manche

CHATEAUBRIAND
- Mémoires d'outre-tombe

CHODERLOS DE LACLOS
- Les Liaisons dangereuses

CHRÉTIEN DE TROYES
- Yvain ou le Chevalier au lion

CHRISTIE
- Dix Petits Nègres

CLAUDEL
- La Petite Fille de Monsieur Linh
- Le Rapport de Brodeck

COELHO
- L'Alchimiste

CONAN DOYLE
- Le Chien des Baskerville

DAI SIJIE
- Balzac et la Petite Tailleuse chinoise

DE GAULLE
- Mémoires de guerre III. Le Salut. 1944-1946

DE VIGAN
- No et moi

DICKER
- La Vérité sur l'affaire Harry Quebert

DIDEROT
- Supplément au Voyage de Bougainville

DUMAS
- Les Trois
  Mousquetaires

ÉNARD
- Parlez-leur
  de batailles,
  de rois et
  d'éléphants

FERRARI
- Le Sermon sur la
  chute de Rome

FLAUBERT
- Madame Bovary

FRANK
- Journal
  d'Anne Frank

FRED VARGAS
- Pars vite et
  reviens tard

GARY
- La Vie devant soi

GAUDÉ
- La Mort du
  roi Tsongor
- Le Soleil des
  Scorta

GAUTIER
- La Morte
  amoureuse
- Le Capitaine
  Fracasse

GAVALDA
- 35 kilos d'espoir

GIDE
- Les
  Faux-Monnayeurs

GIONO
- Le Grand
  Troupeau
- Le Hussard
  sur le toit

GIRAUDOUX
- La guerre de
  Troie
  n'aura pas lieu

GOLDING
- Sa Majesté des
  Mouches

GRIMBERT
- Un secret

HEMINGWAY
- Le Vieil Homme
  et la Mer

HESSEL
- Indignez-vous !

HOMÈRE
- L'Odyssée

HUGO
- Le Dernier Jour
  d'un condamné
- Les Misérables
- Notre-Dame
  de Paris

HUXLEY
- Le Meilleur
  des mondes

IONESCO
- Rhinocéros
- La Cantatrice
  chauve

JARY
- Ubu roi

JENNI
- L'Art français
  de la guerre

JOFFO
- Un sac de billes

KAFKA
- La Métamorphose

KEROUAC
- Sur la route

KESSEL
- Le Lion

LARSSON
- Millenium I. Les
  hommes qui
  n'aimaient pas
  les femmes

LE CLÉZIO
- Mondo

LEVI
- Si c'est un
  homme

LEVY
- Et si c'était vrai…

MAALOUF
- Léon l'Africain

MALRAUX
• La Condition
  humaine

MARIVAUX
• La Double
  Inconstance
• Le Jeu de l'amour
  et du hasard

MARTINEZ
• Du domaine
  des murmures

MAUPASSANT
• Boule de suif
• Le Horla
• Une vie

MAURIAC
• Le Nœud
  de vipères

MAURIAC
• Le Sagouin

MÉRIMÉE
• Tamango
• Colomba

MERLE
• La mort est
  mon métier

MOLIÈRE
• Le Misanthrope
• L'Avare
• Le Bourgeois
  gentilhomme

MONTAIGNE
• Essais

MORPURGO
• Le Roi Arthur

MUSSET
• Lorenzaccio

MUSSO
• Que serais-je
  sans toi ?

NOTHOMB
• Stupeur et
  Tremblements

ORWELL
• La Ferme
  des animaux
• 1984

PAGNOL
• La Gloire de
  mon père

PANCOL
• Les Yeux jaunes
  des crocodiles

PASCAL
• Pensées

PENNAC
• Au bonheur
  des ogres

POE
• La Chute de la
  maison Usher

PROUST
• Du côté de
  chez Swann

QUENEAU
• Zazie dans
  le métro

QUIGNARD
• Tous les matins
  du monde

RABELAIS
• Gargantua

RACINE
• Andromaque
• Britannicus
• Phèdre

ROUSSEAU
• Confessions

ROSTAND
• Cyrano de
  Bergerac

ROWLING
• Harry Potter à
  l'école des sor-
  ciers

SAINT-EXUPÉRY
• Le Petit Prince
• Vol de nuit

SARTRE
• Huis clos
• La Nausée
• Les Mouches

SCHLINK
• Le Liseur

SCHMITT
- La Part de l'autre
- Oscar et la
  Dame rose

SEPULVEDA
- Le Vieux qui
  lisait des romans
  d'amour

SHAKESPEARE
- Roméo et Juliette

SIMENON
- Le Chien jaune

STEEMAN
- L'Assassin
  habite au 21

STEINBECK
- Des souris et
  des hommes

STENDHAL
- Le Rouge et
  le Noir

STEVENSON
- L'Île au trésor

SÜSKIND
- Le Parfum

TOLSTOÏ
- Anna Karénine

TOURNIER
- Vendredi ou
  la Vie sauvage

TOUSSAINT
- Fuir

UHLMAN
- L'Ami retrouvé

VERNE
- Le Tour
  du monde
  en 80 jours
- Vingt mille
  lieues sous
  les mers
- Voyage au
  centre de
  la terre

VIAN
- L'Écume des jours

VOLTAIRE
- Candide

WELLS
- La Guerre des
  mondes

YOURCENAR
- Mémoires
  d'Hadrien

ZOLA
- Au bonheur
  des dames
- L'Assommoir
- Germinal

ZWEIG
- Le Joueur
  d'échecs

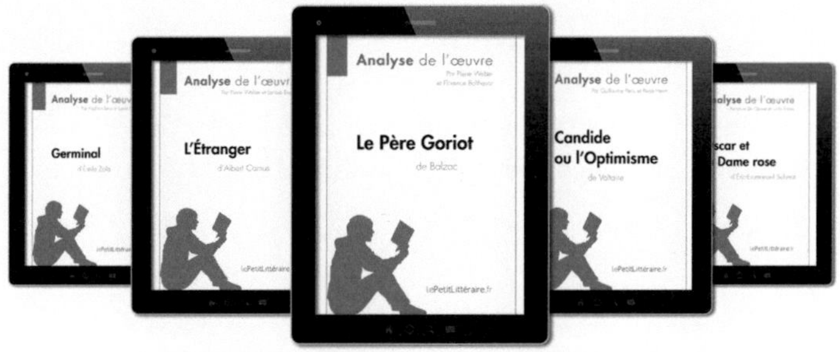

L'éditeur veille à la fiabilité des informations publiées, lesquelles ne pourraient toutefois engager sa responsabilité.

© **LePetitLittéraire.fr, 2017. Tous droits réservés.**

www.lepetitlitteraire.fr

ISBN version numérique : 978-2-8062-2606-8
ISBN version papier : 978-2-8062-2608-2
Dépôt légal : D/2013/12603/270

Avec la collaboration de Pauline Coullet pour l'étude des personnages de Mathilde Loisel et de Mme Forestier, pour les chapitres « Maupassant et la nouvelle », « Le réalisme » et « Le pessimisme de Maupassant », ainsi que toutes les « Pistes de réflexion ».

Conception numérique : Primento,
le partenaire numérique des éditeurs.

Ce titre a été réalisé avec le soutien de la Fédération Wallonie-Bruxelles, Service général des Lettres et du Livre.